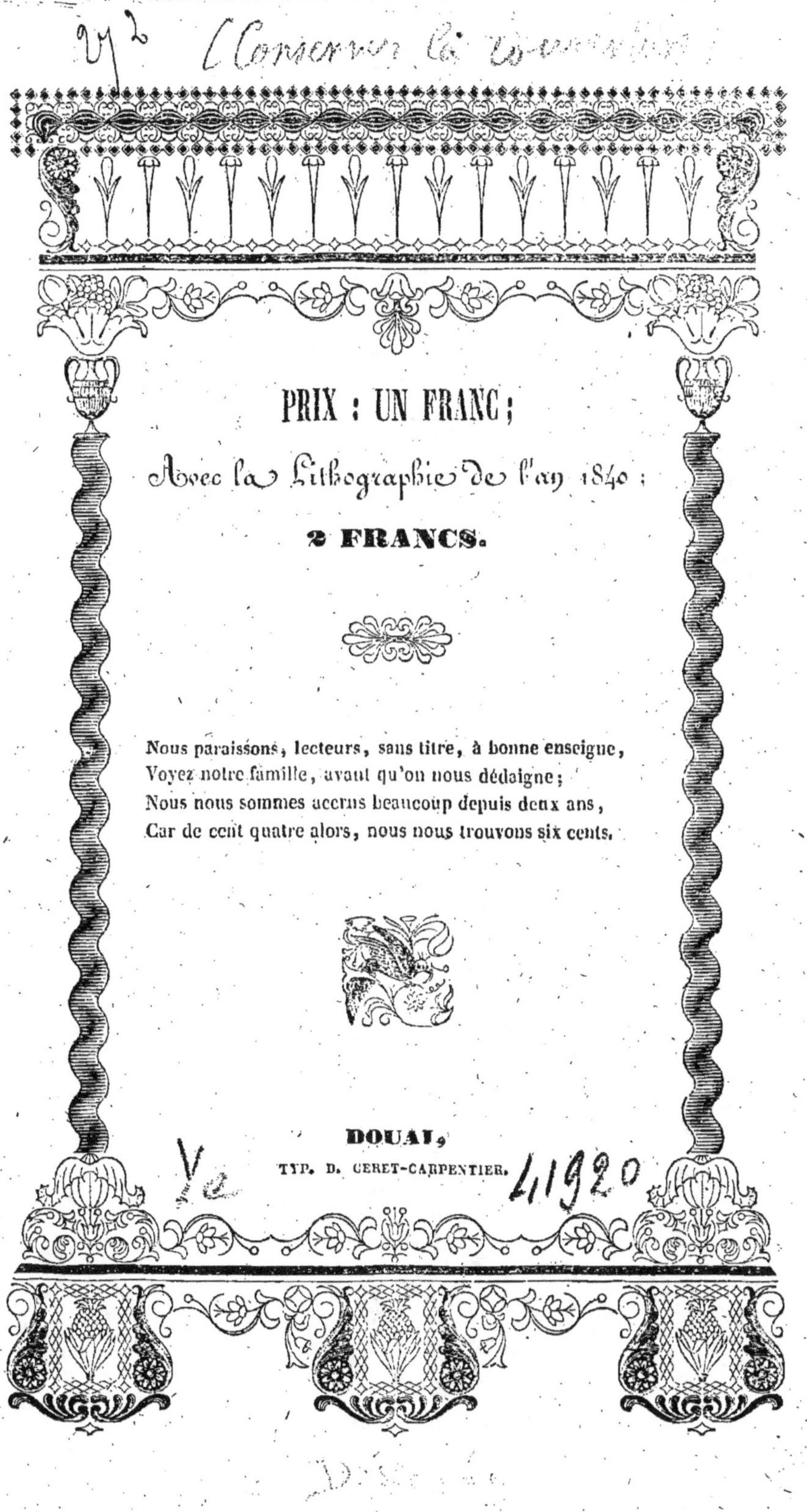

PRIX : UN FRANC ;

Avec la Lithographie de l'an 1840 :

2 FRANCS.

Nous paraissons, lecteurs, sans titre, à bonne enseigne,
Voyez notre famille, avant qu'on nous dédaigne ;
Nous nous sommes accrus beaucoup depuis deux ans,
Car de cent quatre alors, nous nous trouvons six cents.

DOUAI,
TYP. D. CERET-CARPENTIER.

OBSERVATION.

L'auteur de ces vers ne se donne le nom de poète
qu'ironiquement ; et s'il se permet de rimailler, c'est
qu'il a cru et qu'il croit encore ce moyen plus propre
pour obtenir des succès. Du reste, lecteurs, vous connaissez ou vous connaîtrez Destombes.

Nº 1.

Est-ce bien là Destombe ? est-il donc archiviste ?
L'on dit en me voyant examiner ma liste :
Qui peut le rendre ainsi morne, sombre, inquiet ?
A-t-il perdu la tête, ou commis un forfait ?
Trouver sept mille francs!!!! l'entendez-vous confrères ?
Pour mon cerveau troublé quelles horribles guerres !
De payer mon église aurai-je les moyens ?
Me vendrai-je moi-même, ou vendrai-je mes biens ?
Que ferai-je, voyons ? que me dit ma nature ;
Me ferai-je architecte ou maître d'écriture ?
Redeviendrai-je hermite, ou mourrai-je pasteur ?
Ah ! plutôt renaissons pauvre frère quêteur.

Pour moi, mes chers amis, ayez de l'indulgence ;
Car chez moi tout radote, esprit, *cœur* et science ;
Hâtez-vous de guérir un ami malheureux ;
Imitez Monseigneur, montrez-vous généreux,

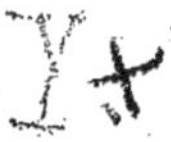

C'est l'unique moyen de me sauver la vie ,
De bannir ma tristesse et chasser ma folie.

En vous seuls mes amis, je mets tout mon espoir,
En vous seuls je le place, et déjà je crois voir
Me cacher dans la main ou dans ma bourse vide,
Le remède à tous maux : l'argent nous dit Ovide.
Cessons de rimailler, chacun m'a bien compris,
Je compte donc sur vous, sur vous, mes vrais amis.

N° 2.

Est-ce bien là Destombe ? . . . .
Il se donne en présent. . . . .

Je vous entends lecteurs, me demander pourquoi
Je me donne au présent à tous de bonne foi.
Je crois avoir raison, à moins que je ne rêve,
Je veux donner un pois pour avoir une fève,
Ou si vous l'aimez mieux, je fais présent d'un œuf,
A quiconque le veut, afin d'avoir un bœuf,
Ou bien, si vous voulez, c'est mon dernier proverbe,
Je donne un grain de bled pour avoir une gerbe.
Si j'avais le bonheur de voir tous mes amis
M'accepter de bon cœur et me donner ce prix,
J'irais les voir sous peu (j'aime à vous le prédire),
Non plus triste, pensif, mais joyeux, prêt à rire.
Mais dites-nous quel prix ? Ajoutez-vous encor ?
Quel prix ? Depuis c... sous jusqu'à c... Louis d'or.
Voilà le vrai moyen d'enlever à la tombe
Votre très endetté Louis-Joseph Destombe.

N° 3.

Acceptez-vous le pois ?... vous me devez la fève.

— Que nous chante-t-il là, se dira-t-on, il rêve !
— Moi rêver ! j'en suis loin ; si vous gardez le pois,
Vous me devez la fève, à bon titre, je crois.
— Mais à qui la remettre ?... à Messieurs mes confrères,
A Messieurs les doyens, ou curés ou vicaires ;
Ou si vous l'aimez mieux, je ne sais si j'ai tort,
Adressez-là chez moi, j'en paierai bien le port.
Comprenez-moi, surtout, non la fève en nature,
Ou son équivalent, mais votre signature.
Traçant sur le papier : moi tel... Louis, Amand,
Aujourd'hui je m'engage à vous donner autant,
20 fr., 100 plus ou moins, le chiffre de l'aumône
Faite au pauvre pasteur pour le pois qu'il vous donne.
Mais où demeure-t-il ce type du portrait ?...
A Flers, chers bienfaiteurs, mais à Flers-lez-Douai.
Or, voici mon adresse, ainsi l'on ne peut manque :
A Destombe, curé de Flers et Lauwin-Planque.
Pensez-y bien, Messieurs, vous surtout mes amis,
Il me faut de l'argent, il m'en faut à tout prix.
En dédommagement de dons pécuniaires,
De mes paroissiens vous aurez des prières ;
Et déjà leur pasteur chaque jour à l'autel,
Pour vous, chers bienfaiteurs, invoque l'Eternel.

N° 4.

Au moins, s'il était peint, il paraîtrait moins triste,
Disait en me voyant l'autre jour un artiste.
Vous désirez avoir le pois colorié,
Deux fèves donnez-moi, vous me verrez fardé.
J'ai là Monsieur Robaut qui me donna naissance,
Il voudra bien encor embellir mon enfance.
Attendez un moment, ne perdez pas l'espoir,
Pour vous remercier, riant j'irai vous voir.

Je ne suis pas ingrat, souffrez que je le dise ;
Tous ceux qui concourront à payer mon église,
S'en souviendront long-temps ; or, triste payez-moi,
Gai vous m'aurez gratis ; je suis de bonne foi.
Oh ! dites-vous tout bas : ce n'est rien de promettre ;
—Réfléchissez, lecteurs, sachez que je suis prêtre.
Me reprocherez-vous que je suis un farceur ?
Et quand je le serais ! suis-je par là menteur ?
Oui, farceur je suis né, j'en donne ma parole,
Gros farceur, dites-vous, qualité bien frivole.
J'en conviens avec vous, c'est un petit talent,
Mais moi qui n'en ai d'autre, il faut être content.
En vérité, Messieurs, tel est mon caractère,
Je pense qu'*autrement* je ne pourrais me faire.
Sans me violenter, sans être grimacier,
Sans devenir menteur et peut-être sorcier.

Mille pardons, Messieurs, et deux mille fois grâce,
De tant vous ennuyer en montant au Parnasse.
Bien vite j'en descends, donnant à l'*univers*,
Estropiés, boiteux, en tout cent seize vers.
Tous frères mis au jour par un malheureux père,
Mais ils feront sa *gloire* et son bonheur, j'espère.

Je me vois arriver à ma péroraison.
Résumons en deux vers ce singulier sermon :
Acceptez mon portrait, ôtez-moi de la gêne,
Donnez-moi des écus ; ainsi soit-il, Amen.

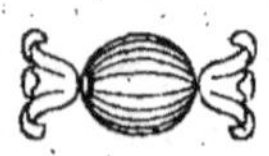

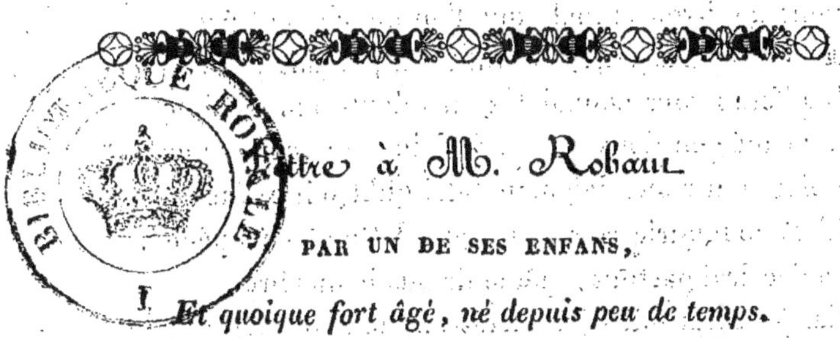

Épître à M. Robaut

PAR UN DE SES ENFANS,

Et quoique fort âgé, né depuis peu de temps.

Depuis que je parais, chacun dit ce qu'il pense,
Soit en bien, soit en mal, parle de ma naissance;
L'un me trouve trop gros, et l'autre un peu trop vieux;
Chacun selon son goût; c'est mal, c'est bien, c'est mieux.
Et moi, pauvre pasteur, j'entends tout sans rien dire,
Assez souvent pourtant je voudrais pouvoir rire,
Mais malheureusement je m'en trouve empêché,
Car je naquis pensif, sourd, muet, constipé.

Parmi ce que l'on dit, soit louange ou critique,
Que je sois bien ou mal, ou si l'on veut comique,
Blanc ou noir, jeune ou vieux, je suis toujours content,
Pourvu que dans ma bourse il entre de l'argent.

Je crois, monsieur Robaut, que c'est la jalousie
Qui traite tout ici de petite folie.
Quoiqu'il en soit, mon cher, au moins pour notre honneur
Notre digne prélat est en notre faveur;
Ainsi consolons-nous, d'un vénérable évêque
Un éloge est pour nous une bonne hypothèque.

Pour ce qui me concerne, en voici le motif,
Mais pour qu'on pût y croire faudrait être juif:
C'est pour me faire un nom et devenir plus riche,
Voilà, monsieur Robaut, de moi ce qu'on affiche.

Pour me juger si mal, que l'on me connaît peu,
Il n'en est pas ainsi; devant Dieu j'en fais vœu.
D'ailleurs vous connaissez sans doute ma maxime
Exprimée en deux vers, car j'aime un peu la rime :
Voici mon vœu, Seigneur, ah ! qu'il soit exaucé :
C'est de mourir sans sou, sans dette et sans péché.
Je l'écrirai partout, même dessus le marbre,
Car j'y serai fidèle; au fruit on connaît l'arbre.

Je passe en finissant à cette objection
Que tout ce que je fais c'est par ambition.
Un petit grain d'orgueil reçu du premier père
Se trouve aussi chez moi comme chez mon confrère,
Car chez tous les mortels (depuis Adam tombé)
Se trouve plus ou moins la sotte vanité.
C'est assez rimailler ; je termine ma lettre
En priant mes censeurs d'un peu mieux me connaître ;
Et de fait et de nom, alors ils sauront tous
Que toujours je serai leur cher Louis.....

Adieu, monsieur Robaut, que rien ne nous tourmente.

Flers, ce 24 mai l'an 1840.

A Monsieur Destombe, curé de Flers,

LE GRAND POÈTE,

Avec un bon de 50 francs.

I.   Le chantre de la Grèce
Pousse un cri de détresse :
Eia kuon guignomai ! [*]
Un nouveau nom l'oppresse,
Homère dit la messe
A Flers près de Douai.

II.   Le cygne de Mantoue,
Virgile fait la moue
Relégué dans un coin :
Sa fortune le joue,
Il tombe dans la boue
Aux portes de Tourcoin.

III.   Près de Naples le Tasse
Reçoit lourde grimace
Des Muses et des Dieux :
Il tombe du Parnasse.....
Un Turquénois l'efface
S'élevant jusqu'aux cieux.

IV.   L'ambitieux Voltaire
Hurle plein de colère
De se voir surpassé :
A Tourcoin on l'enterre,

[*] Hélas ! je vais être regardé comme un vieux chien.

Et son nom éphémère
N'est plus qu'un nom passé.

V.   Le pleureur Lamartine
En vain souffre et s'échine
Au milieu de Paris :
Un Turquénois l'esbine,
L'envoyant vers la Chine
Vendre ses vers flétris.

VI.   Pope met bas les armes,
Racine est en alarmes,
Delille a mal au cœur ;
Lafontaine est sans charmes,
Corneil verse des larmes,
Molière est sans honneur.

VII. Quoi ! poètes si fiers,
Votre voix de colombe
Planant sur l'univers
En ce moment retombe
Changée en pleurs amers !
D'où viennent vos revers ?
« C'est le divin Destombe
» Qui nous met dans la tombe
» En composant à Flers
» Deux cent et quatre vers !
» Notre lyre qui tombe
» Frappe triste les airs.
» Notre gloire succombe....,
» Son nom passe les mers..... »

Improvisés en déjeûnant, et dédiés à la gloire du poète turquénois,
dont le portrait vaut sept mille francs.

A Monsieur le Curé de Flers,

PRÈS DOUAI,

Avec un bon de 30 francs.

---

*J'aurais voulu pouvoir envoyer davantage à Monsieur
Destombe, mais la chose m'a été impossible.*

*Le dignissime curé fait merveille quand il est monté
sur Pégase ; mais sur Martin-Bâton !.....*

  Tout près d'une belle pension
  S'en vint un jour Martin-Bâton
  Quêtant pour un savant patron ;
Sur air doux il chantait cette courte prière :
  Donnez avoine, donnez son ;
  Doublez et triplez votre don,
  Chargez d'argent benin grison !
Chacun dit de son mieux pour se tirer d'affaire ;
  Il n'avait, c'était la saison,
  Pour tout présent qu'un gros chardon...
  Acceptons, dit-il, sans façon :
Car jamais on ne doit montrer mine trop fière.
  Le voilà forcé tout de bon
  De transmettre en pauvre garçon
  Dix écus tout nuds... quel guignon !
Dix écus !... c'est trop peu ; mais encore qu'y faire ?
  Ami, pour la somme parfaite,
Vendez, si vous voulez, la peau du vieil ânon.

18 *Juillet* 1840.

RÉPONSE AUX DEUX LETTRES.

Mon cher Monsieur l'abbé, j'ai peine à vous le dire ;
Mon Pégase est malade ou plutôt en délire.
Depuis hier vers le soir je cherche à le monter,
Jamais je ne le puis, il ne fait que ruer.
J'ai pris tous les moyens pour le rendre docile,
Douceur, sévérité, mais tout est inutile.
Puisqu'il en est ainsi, confus, triste, chagrin,
Je descends du Parnasse. O malheureux destin !

En ce cas, cher M......, je continue en prose ;
Vous allez me comprendre en expliquant la chose :
Ma grand'mère disait (dans un temps plus heureux)
Que l'on ne peut peigner un diable sans cheveux.

. . . .
. . . .
. . . .

DESTOMBE,

Fermant l'*œil* à sa verve expirante.

Flers, le vingt-deux juillet l'an mil huit cent quarante.

Post-Scriptum.

Jugez-le ce vainqueur glorieux et confus
De traîner à son char dix illustres vaincus :
Lafontaine, et le Tasse, et Corneille, et Racine,
Et Molière, et Virgile, et Pope, et Lamartine,
Et Delille, et Voltaire. Un seul vaut plus que dix.
Mais qui ? — Martin-Bâton, de nous tous le phénix.

A DESTOMBE,

Curé de Flers et Lauwin-Planque.

Avec si bonne adresse, il n'y a point de manque.

C'est à Flers, mes amis, mais à Flers-lez-Douai,
Que demeure et gémit ce poëte si gai,
    Et maintenant si triste
    En regardant sa liste ;
      Aussi pour le guérir
      De son goût de bâtir,
      Et pour le pois qu'il donne,
      Je lui donne en aumône
      Ni fèves, ni gerbes, ni bœuf,
      Mais un avis qui n'est pas neuf.

De l'argent voulez-vous bien connaître le prix ?
Quêtez, pour en trouver, même chez vos amis.

RÉPONSE.

Grâce et reconnaissance à Monsieur l'anonyme,
Quoiqu'il m'ait gourmandé, j'ai pour lui de l'estime.
Il m'a rendu service : en suivant son avis,
J'ai très bien distingué mes faux des vrais amis.

LETTRE

Adressée par M. Destombe,

CURÉ DE FLERS, PRÈS DOUAI,

A M. MATHON,

IMPRIMEUR A TOURCOING.

Je viens, Monsieur Mathon, en comique poëte,
Annoncer à Tourcoing le produit de ma quête :
A parler franchement, j'espérais un peu mieux,
Aussi, plus d'une fois, j'eus les larmes aux yeux ;
Souvent dans ma douleur je disais en moi-même
Ne suis-je plus aimé de la ville que j'aime ?
Quoi ! mon pays chéri, mes anciens bienfaiteurs
M'auraient-ils préféré d'autres frères quêteurs ?
Ainsi je l'ai pensé : j'aime bien qu'on le sache ;
Que personne surtout contre moi ne se fâche.
Pourquoi donc me plaignais-je ? en voici la raison :
J'ai cru faire à Tourcoing une riche moisson,
Et j'ai fait tout au plus un glanage ordinaire,
Grâce encor à Messieurs les Doyens ; mais qu'y faire ?
Car ce n'est point leur faute, ils ont recommandé
A leurs paroissiens leur ami le Curé,
Et pour leur dévoûment et pour leur bienfaisance,
Je leur voue et mon cœur et ma reconnaissance ;
Si j'ai l'honneur plus tard de les avoir chez moi,
Pour les bien recevoir j'épargnerai de quoi ;

Si par malheur un jour ils manquaient de ressource,
Ils trouveront ouverts mon logis et ma bourse ;
Ils ont agi pour moi, je le sais, en amis,
Vivent les bons Doyens de Tourcoing, mon pays !
Grâce aussi soit rendue à Messieurs les Vicaires,
Ils ont plaidé ma cause en généreux confrères.

Tourcoing possède en lui la générosité,
Mais l'on y voit parfois l'intérêt affiché ;
Quelques gens, comme ailleurs, selon les circonstances,
Aiment bien leurs amis, mais après les finances.
Je dis la vérité, plusieurs m'ont bien compris,
Ne les confondez pas avec mes vrais amis.
J'écris en rimaillant, je suis pauvre poète,
Mais tout ce que je dis, je le prends de ma tête ;
Je dis ce que je pense et je dirai toujours :
O ma ville chérie ! ô Tourcoing mes amours !
Tu fis et tu seras en tout temps mes délices ;
Qui pourrait en douter ? Après tant de services
Rendus par tes enfans à ton cher protégé,
A Destombe, en un mot, né très peu fortuné :
O Tourcoing ! ô Tourcoing, ma ville bienfaisante !
Chaque jour à l'Autel ma voix reconnaissante
Du plus profond du cœur adresse à l'Éternel
Des vœux pour ton bonheur, surtout spirituel.
J'invoque pour cela saint Jacque et saint Christophes,
Nos glorieux patrons et Chrétiens philosophes.
(Or, *Jacques à Christophe un S vient de donner,*
C'était son superflu, puissions-nous l'imiter !
Christophe avec ce don a pu payer sa dette :
Un Jacques à Destombes et sa fortune est faite.)

Tourcoing renferme aussi de bons samaritains
Qui, pieux sans excès, donnent à pleines mains ;

Chez ces cœurs généreux, la veuve et le pupille
Sont certains de trouver en tout temps un asile.
Ce que je dis ici, je le dis sciemment;
J'ai connu leur bon cœur l'autre jour en quêtant;
Chez eux vous aurez tout pour calmer la souffrance,
Le miel, l'huile et le vin, et l'or en abondance;
Ils ne sont pas de ceux qui, pour ne rien donner
Ou pour très peu de chose, ont droit d'humilier;
Ceux qu'en ce lieu dirige une piété fervente,
Il est vrai, presque tous ont rempli mon attente;
Comme la règle admet toujours exception,
Je vais, à qui m'entend, adresser un sermon;
Et, écoutez-moi bien : plus une ame est pieuse,
Plus elle doit aussi se montrer généreuse;
C'est là l'Esprit de Dieu, le bon sens, la raison,
C'est l'essence et l'esprit de la Religion,
Si Dieu, pour l'honorer, veut de nous des prières,
Il veut auparavant que nous aimions nos frères;
Or, pour bien les aimer, je veux dire en Chrétien,
Nous devons avec eux partager notre bien.
Je sors de mon sujet, pardon si je vous prêche,
J'en voudrais convertir, et je n'y vois pas mèche;
Mais si quelqu'un m'attrappe il aura bien raison,
Et moi j'aurai gagné de lui faire un sermon.

J'ai dit, Monsieur Mathon, en commençant ma lettre,
Que je vous écrivais pour donner à connaître
Le produit général de ma quête à Tourcoing,
En cinq jours recueilli, non sans peine et sans soin;
Pour ne pas l'oublier, ici je le répète :
Total, sept mille francs, c'est ma première dette;
Nous devons ajouter les frais d'impression
Des portraits et des vers qui font compassion;
Il faut y joindre encor, je n'ose vous le dire,

Hardiment cinq cents francs. Destombe doit-il rire?
Cette somme ajoutée à mon ancien total,
A ma bourse malade apporte un nouveau mal.
J'ai reçu de Tourcoing cette modeste somme :
Moins de dix-huit cents francs, vrai comme existe Rome;
C'est beaucoup, j'en conviens, pour un pauvre étranger,
Mais peu pour un ami qu'on désire obliger.
Comme enfant de Tourcoing j'espérais davantage,
Je fondais mon espoir sur un commun présage;
Tout le monde disait : Destombe en son pays
Recevra de ce coup pour le moins cent louis.
Ça ne peut lui manquer, tout le monde l'estime,
Des riches, du Clergé, Destombe est très intime;
Car, sachant qu'il est pauvre et qu'il est bon garçon,
Si Tourcoing l'abandonne... oh ! pour lui quel affront !
Or, il est encore temps de réparer la faute,
Il s'agit de bien peu, la somme n'est pas haute ;
Si Tourcoing m'envoyait de six à sept cents francs,
Il fermerait la bouche aux nombreux médisans.

Destombe, dira-t-on, réflexion bien faite,
Nous paraît peu content du produit de sa quête;
C'est fort peu délicat de venir nous chanter
Qu'il n'a point assez eu, qu'il faudrait ajouter;
Franchement cette plainte est un peu trop amère,
Maintenant pour Tourcoing où règne la misère;
Il faut le répéter, c'est très peu délicat
De nous parler ainsi... Destombe est un ingrat.
D'ailleurs, plus qu'à Roubaix et même plus qu'à Lille,
Les quêteurs étrangers ravagent notre ville :
Naguère on en compta jusqu'à quatre en un mois.
Est-ce là le remède au commerce aux abois ?
Et quelques jours après voilà Monsieur Destombe
Qui vient, sa bourse en main, pour mettre dans la tombe

La nôtre agonisante, hélas! d'épuisement.
L'entendez-vous, Destombe ? Eh bien! soyez content.

Je reçois de bon cœur la leçon qu'on me donne,
Et si quelqu'un m'en veut, pour moi je lui pardonne.
Mais qui de nous a tort ? reprend mon champion :
C'est le Curé de Flers, sa bourse lui répond.
Je suis encor content, finissons la querelle ;
De me plaindre j'ai tort, je suis une cervelle ;
Mais si mes bons amis, sur moi s'apitoyant,
De quelques beaux écus me faisaient le présent,
Pour finir aussitôt de payer mon église,
J'accepterais, je crois, même sans donner prise
Aux murmures, aux cris qu'excitent les quêteurs
Étrangers à Tourcoing, de Tourcoing ravageurs.

Je ne dirai plus rien, ma lettre je termine,
Car je crains que Tourcoing me fasse verte mine.
Je prie, en finissant, Monsieur l'abbé Moreaux,
De recevoir pour moi de Tourcoing les cadeaux ;
Et pour récompenser en lui tant d'obligeances,
De par nous il est fait ministre des finances.
Avec ordre surtout de remettre à chacun
Le pois, le grain ou l'œuf qui produit cent pour un.

Je ne peux plus écrire, il faut tailler mes plumes ;
Puis Apollon me dit : cesse, car tu t'enrhumes.
Puisqu'il en est ainsi, j'obéis au *grand Dieu*.
Destombe est tout chagrin. Monsieur Mathon, adieu.

POST-SCRIPTUM.

Flers, le dix-neuf Juillet, l'an mil huit cent quarante.

Dès la pointe du jour en vain je me tourmente,
En piquant mon Pégase assez comiquement ;
Or, des vers il me donne et jamais de l'argent.
Pour perdre ainsi mon temps, j'en descends au plus vite,
Je regagne mon bois et redeviens ermite ;
Car si Tourcoing aussi ne donne que des vers,
Destombe est enfoncé dans son village, à Flers.

LETTRE

ADRESSÉE

Par Mr Destoube, Curé de Flers,

PRÈS DOUAI,

A M. LE RÈDACTEUR

de l'Indicateur de Tourcoing.

Monsieur le Rédacteur,

     Veuillez dans votre feuille
Insérer quelques vers que ma tête recueille,
Pour donner à connaître au généreux public
Ma résolution dans mon nouveau trafic.
De votre serviteur ne trompez pas l'attente.

    Flers, le vingt-huit juillet, l'an 1840.

 Jusqu'à présent, lecteurs, j'ai voulu me donner;
Désormais, pour m'avoir, il faudra m'acheter.
Que nous demande encor ce rimailleur comique,
C'est de l'argent sans doute, il croit qu'on en fabrique?
Si je le crois, Messieurs, et très certainement,
Sinon pour vous, du moins pour le gouvernement.
Ne vous fâchez donc pas, lisez ma lettre entière,
C'est pour bien me juger la meilleure manière.....
Il se donne au présent, nous dit-il, sans mentir,
Et pour moins de cent sous on ne peut l'obtenir;
Arrangez tout céla. Que veut-il donc nous dire?
Croit-il nous enfiler ou bien nous faire rire?

Moi ! me moquer de vous ! peut-on juger si mal ?
L'on me dit, non moqueur, mais bien original.....

   Cent sous, c'est bien trop cher, me disait un brave
                                        (homme,
Donnez votre portrait pour une moindre somme ;
Car moi, petit marchand, je l'aurais volontiers,
Bien des cultivateurs, même des journaliers,
On aurait tous chez soi le portrait qu'on affiche ;
Mais pour mettre cinq francs, on n'est point assez riche.
S'il n'était pas si cher, vos bons paroissiens,
Presque tous, j'en suis sûr, quels que soient leurs moyens,
Prendraient votre portrait, souffrez que je le dise,
Tous voudraient concourir à payer votre église ;
Appréciant combien vous avez fait pour eux,
Ils voudraient à l'envi se montrer généreux.

   Mon cher, je lui réponds, vous parlez comme un livre ;
Comme vous je voudrais et vivre et laisser vivre,
Mais je crains qu'en mettant mon portrait à bas prix,
Ceux qui jusqu'aujourd'hui pour cent sous me l'ont pris
Pourraient bien contre moi s'échapper en murmure.
— De les supposer tels vous leur faites injure.....
Reprit très vivement mon bourgeois marchandeur ;
C'est un don qu'ils ont fait et l'ont fait de bon cœur.
Ainsi ne craignez rien, contre eux point d'injustice,
Et pour vous et pour nous je n'y vois que justice ;
Car ceux qui jusqu'ici reçurent le portrait,
S'ils ont donné beaucoup c'est pour Dieu qu'ils l'ont fait ;
Ils ont lu quelque part : Heureux celui qui donne,
Le Très-Haut lui prépare une belle couronne.
De le donner pour moins vous feriez donc très bien,
C'est l'avis de Monsieur notre brave Doyen ;
D'ailleurs, qu'empêchera de donner davantage,

Tant pour bien mériter que pour vous faire hommage.
Même on ajoute encor (je ne suis pas des leurs) :
Le portrait de Monsieur... n'est que pour les seigneurs ;
Pour nous, honnêtes gens, cela n'est pas licite,
Car de le voir chez nous, quel serait son mérite ?
Oui, Monsieur le Curé, voilà ce que l'on dit,
Vous voulez tout pour vous, l'honneur et le profit ;
Contre vous, je le sais, jugement téméraire.
Tout est dit maintenant, jugez, c'est votre affaire.

L'entendez-vous, lecteurs, ce que dit mon bourgeois ?
Lui donnez-vous raison ?... Plus de cent mille fois
Nous cédons volontiers à sa bonne logique.....
Donc, je baisse le prix de la fève élastique :
La fève est de cent sous ; pour être généreux
Et se montrer ami, coupons la fève en deux.
Comprenez-vous, lecteurs, ce petit sacrifice ?
Cinquante au lieu de cent, pour vous quel bénéfice !
C'est encor un peu trop, me dites-vous tout bas,
Plus de quarante sous vous ne vous vendrez pas.
Vous le croyez ainsi ? passe donc pour quarante ;
Mais pour ma bourse, moi, j'aimerais mieux cinquante ;
Et pour tout expliquer plus clairement encor,
La fève est de deux francs jusqu'à cent louis d'or.
Pour ce coup me voilà, je crois, bien raisonnable,
Ainsi chacun peut vivre et vivre à l'amiable,
Et chez Monsieur Robaut, parfaitement sculpté,
L'on m'aura pour cinq francs dans un cadre doré.
Quoi, pour quarante sous, vendre ainsi ma personne !
J'en suis vraiment honteux, mais mon destin l'ordonne.

A qui donc s'adresser pour avoir le portrait,
Compris cent quatre vers tracés dans le livret ?
Chez Messieurs les Doyens, ou Curés, ou Vicaires ;

Vous les aurez aussi chez Messieurs les Libraires,
A Lille, chez Lefort, à Cambrai chez Tofllin,
A Tourcoing chez Mathon, à Roubaix chez Béghin,
A Douai chez Robaut, qui par sa bienfaisance,
Mérita mon estime et ma reconnaissance ;
(Car je fus très surpris de la modicité
Du prix qu'il demanda pour m'avoir engendré ;
Aussi, je vous l'avoue, il aura ma pratique,
Quelque soit contre lui l'envieuse critique.)

Je reprends, chers lecteurs, et dis en terminant
Que l'on me trouvera dans ce département
Chez tous mes vrais amis, mes généreux confrères,
Et bien encore ailleurs chez d'illustres Libraires,
A Lyon chez *Nihil*, à Paris chez *Nemo*,
Enfin pour l'Angleterre, à Londres, chez *Zéro*.
Mais le type en tout temps se trouvera sans manque
Chez Monsieur le Curé de Flers et Lauwin-Planque,
Lequel pour s'acquitter de sept mille et des francs
Ne voit plus à payer que deux mille quelques cents ;
Et si de ses portraits réussissait la vente,
Destombe crierait *jacx* en mil huit cent quarante.

Ainsi donc, à dater du vingt-quatre juillet,
En mil huit cent quarante, à deux francs mon portrait ;
De tous ceux acceptés avant ladite époque,
(Et la loi là-dessus paraît sans équivoque),
Chacun doit me fourni, d'après le juste prix,
Jamais moins de cent sous, ni plus de cent louis.

Voilà donc, selon moi, mon affaire expliquée ;
Le public à son tour va dire sa pensée ;
Qu'on me blâme ou me loue, on me verra content,
Pourvu que mes portraits m'apportent de l'argent ;

Comme un autre, il est vrai, j'abhorre la critique ;
Mais comment l'éviter, me montrant si comique ?

Monsieur le Rédacteur,

        Recevez. s'il vous plaît,

De **DESTOMBE**, Curé,

        Le très humble respect.

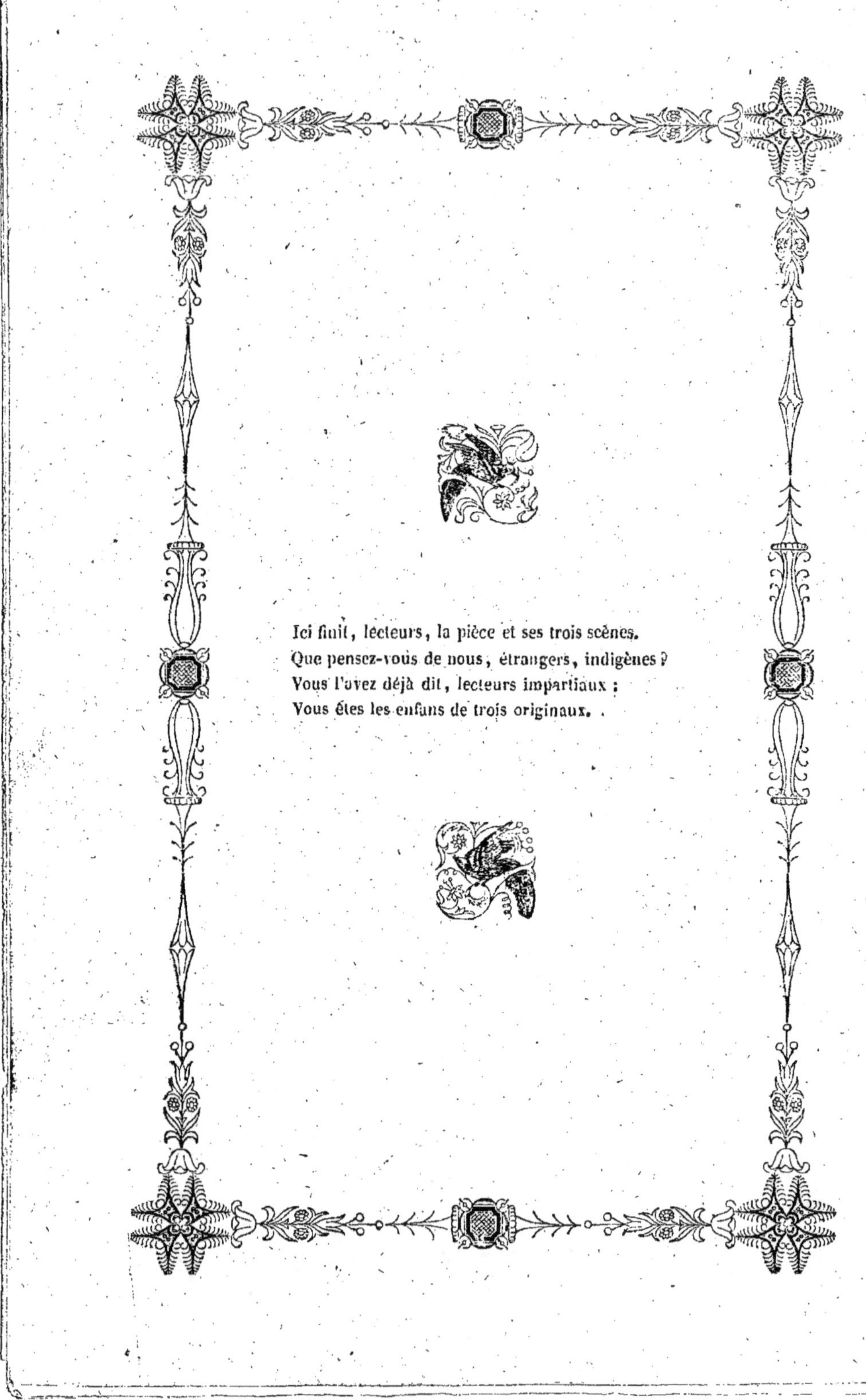

Ici finit, lecteurs, la pièce et ses trois scènes.
Que pensez-vous de nous, étrangers, indigènes ?
Vous l'avez déjà dit, lecteurs impartiaux ;
Vous êtes les enfans de trois originaux.